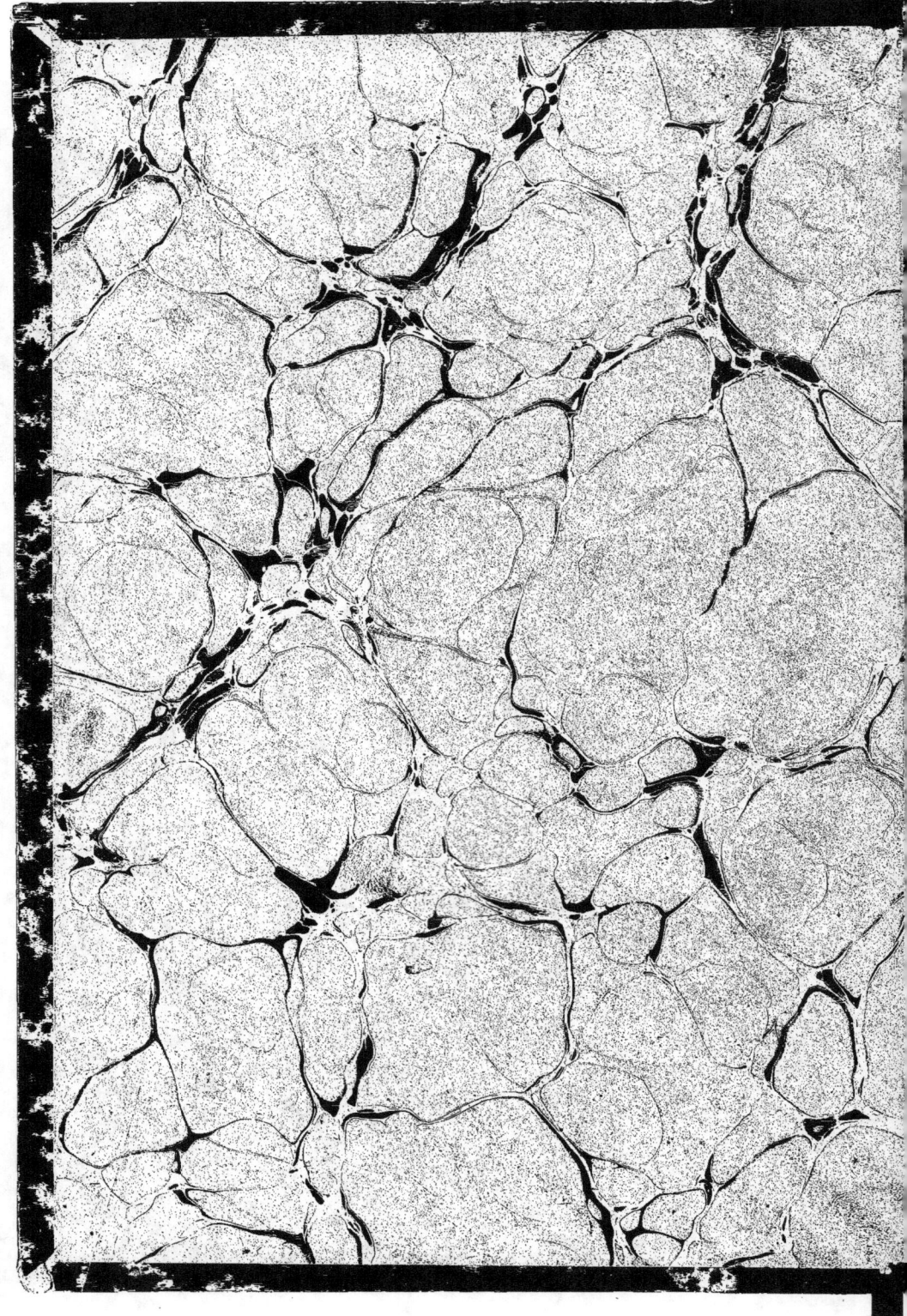

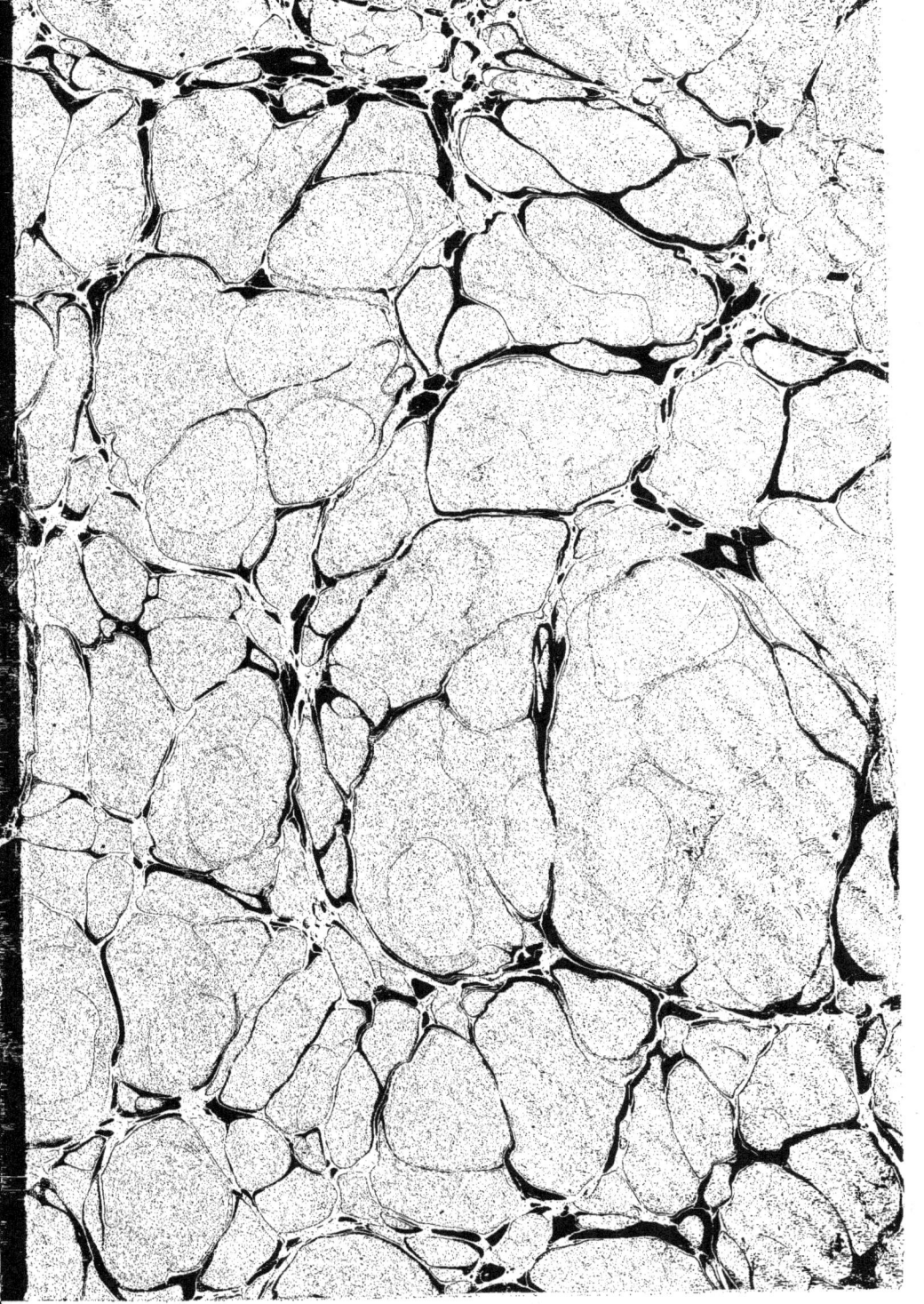

NOBLE ET FVRIEVSE

CHASSE DV LOVP.

Édition tirée à 150 exemplaires sur papier vergé et à 10 exemplaires sur peau
(dont 2 sur vélin fin).

N° Exemplaire d'ontre pour le Dépôt légal

Lib Bouchard Huzé

A 2

BELHATTE

Chasse do Loop à course de leuriers.

P. 24.

LA

NOBLE ET FVRIEVSE

CHASSE DV LOVP

COMPOSÉE PAR

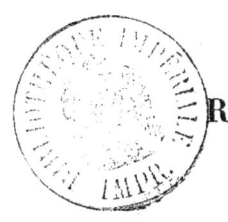ROBERT MONTHOIS

ARTHISIEN,

EN FAUEUR DE CEUX QUI SONT PORTEZ
A CE ROYAL DEDUICT.

DEUXIÈME ÉDITION.

A PARIS,

CHEZ Mme Ve BOUCHARD-HUZARD, IMPRIMEUR-LIBRAIRE,

rue de l'Éperon, 5.

L'AN DE GRACE M.D.CCC.LXIII.

La Noble et furievse chasse dv Lovp, par Robert Monthois, publiée par son auteur au XVIIᵉ siècle, n'est connue que par un très-petit nombre de chasseurs et de bibliophiles; la plupart même n'en ont vu que le titre.

Quelques lignes empruntées à cet ouvrage et l'indication de son titre donnée par De Lisle de Moncel dans ses *Méthodes et Projets pour parvenir à la destruction des Loups* publiés en 1768, in-12 (pages 2, 14, 15 et 19), la citation du titre dans la *Bibliothèque chronologique des auteurs* qui ont traité de la matière des eaux et forêts, chasse et pêche, insérée par Pecquet à la fin des *Lois forestières de la France* publiées en 1753, in-4° (page 412), les extraits faits par E. Blaze dans son *Chasseur au chien courant* publié en 1838, 2 vol. in-8°, tels sont les seuls documents qui, à notre connaissance, révélaient l'existence de cet ouvrage.

L'œuvre de Robert Monthois n'est cité ni par les frères N. et R. Lallemand dans leur savante et curieuse *Bibliothèque des théreuticographes*, insérée en tête de l'*École de la chasse aux chiens courants* par Le Verrier de la Conterie, publiée en 1763, in-8°; ni par Kreysig dans sa *Bibliotheca Scriptorum venaticorum* publiée en 1750, in-8°; ni par De La Curne de Sainte-Palaye dans ses *Mémoires historiques sur la chasse*, faisant partie du 3ᵉ volume de ses *Mémoires sur l'ancienne chevalerie* publiés en 1781, in-12; ni par De Musset-Pathay dans sa *Bibliographie agronomique* publiée en 1810, in-8°; ni par Amoreux dans sa *Bibliothèque des auteurs vétérinaires* publiée en 1773, in-8°, ni par le même auteur dans sa *Bibliographie raisonnée de Vétérinaire générale* arrêtée en 1828, manuscrit acquis par M. Huzard et que nous avons sous les yeux ; ni par les autres auteurs, tels que Blanc-Saint-Bonnet, Doneaud du Plan, Baudrillart, etc., qui ont dressé des listes d'ouvrages sur les chasses.

M. Huzard, qui, pendant près de soixante années, de 1780 à 1838, a collectionné avec un soin extrême les livres de chasse, d'agriculture et d'art vétérinaire, n'a pas rencontré l'ouvrage de Robert Monthois.

On ne le trouve inscrit dans aucun des nombreux catalogues de bibliothèques que nous avons parcourus.

Elzéar Blaze, le spirituel auteur d'ouvrages cynégétiques si intéressants, avait eu la chance de trouver un exemplaire de la *Noble et fvrievse chasse dv Lovp*, exemplaire auquel manquaient malheureusement la dédicace et l'introduction : ce livre a été mentionné dans le catalogue de la bibliothèque de Blaze sous le n° 157, et indiqué comme ayant 28 pages ; mais il n'en contenait en réalité que 22, les pages 3, 4, 5, 6, 7 et 8 faisant défaut.

Nous avons été plus heureux : dans une collection de livres provenant de pays étrangers, récemment exposée et mise en vente aux enchères publiques à Paris, nous avons pu examiner un exemplaire de l'ouvrage de Robert Monthois ; après avoir vérifié la parfaite régularité avec laquelle se suivaient les pages et les feuillets, et par conséquent constaté que le livre était bien complet, nous nous en sommes rendu acquéreur à un prix relativement élevé, mais que la rareté du livre justifie et nous eût fait certainement dépasser s'il eût été nécessaire.

Les causes de la disparition de l'œuvre de R. Monthois s'expliquent facilement : la *Noble et fvrievse chasse dv Lovp* fut publiée dans un pays étranger à la France, dévasté alors et depuis par les longues guerres dont les Flandres ont été le théâtre ; elle formait d'ailleurs peu de volume (14 feuillets) et ne pouvait guère être reliée séparément ; elle fut probablement imprimée à un petit nombre d'exemplaires et distribuée seulement aux seigneurs avec lesquels l'auteur était en relation : les mots *premiere edition* inscrits sur le titre peuvent donner lieu de croire que l'on se proposait d'en faire promptement une nouvelle publication avec les additions ou corrections indiquées par les amis de l'auteur.

Telles sont les causes de la rareté de ce livre : l'attention qu'appellera peut-être sur lui sa réimpression en pourra faire retrouver quelque exemplaire qu'un zélé bibliophile découvrira relié avec quelque traité d'agriculture, de chasse, d'économie domestique, ou même de piété, car au temps où écrivait Monthois, les ravages des Loups étaient si funestes aux hommes même, que leur destruction était regardée comme œuvre chevaleresque et pie.

Cependant l'œuvre de R. Monthois ne méritait pas l'oubli dans lequel la rareté des exemplaires l'a fait tomber.

A une époque où l'Europe était infestée de Loups, où les plus brillants officiers consacraient tous les loisirs que leur laissait la guerre à délivrer les campagnes de ce fléau, où l'un d'eux, le capitaine Clamorgan (1566), se reposait de ses courses sur mer en composant un traité de la chasse de cet ennemi de la maison rustique, où un savant ecclésiastique, le curé Gruau (1613), avait cru devoir consacrer tout le temps que lui laissaient ses occupations religieuses à chercher, à expérimenter et à publier les moyens de destruction de cet animal carnassier, à cette époque, disons-nous, les indications données par le capitaine Monthois ont dû être d'une grande utilité pour les personnes qui ont voulu chasser Loup.

L'expérience de la poursuite des bêtes sauvages a seule guidé la plume de notre auteur ; il est probable qu'il connaissait les préceptes de Clamorgan et ceux de Gruau : mais si l'on croit remarquer que quelques-unes de ses expressions sont analogues à celles qu'ont employées ces deux écrivains, si les procédés de chasse sont aussi à peu près les mêmes, on doit penser que les tournures de phrases n'ont guère changé, que les moyens de destruction se sont peu perfectionnés, que l'état du pays et le percement des forêts ne se sont pas modifiés pendant les soixante-seize années qui ont vu paraître les livres de Jean de Clamorgan, de Louis Gruau et de Robert Monthois.

Dans l'œuvre de ce dernier, la méthode diffère parfois essentiel-

B

lement de celles de ses deux prédécesseurs, les détails d'observation décèlent suffisamment le chasseur habile : on ne peut méconnaître le caractère bien marqué d'une véritable originalité dans les instructions de ce *fameux destructeur de Loups*, comme l'appelle De Lisle de Moncel, de cet intrépide chasseur qui, annonçant « avoir assisté à la prise de plus de soixante Loups par an, quelquefois de quatre ou cinq en un jour, » ajoute « qu'il commmença la chasse à l'âge de 15 ans il y a quarante années, » et déclare fièrement et naïvement à la fin de son livre : « Je ne cognois personne vivante qui ait fait mourir plus de Loups que moi. »

La découverte de l'œuvre de Robert Monthois a été pour nous un véritable bonheur ; désireux de faire participer les chasseurs à notre joie en leur faisant connaître cet auteur, espérant, d'ailleurs, que son livre ne se perdra pas une nouvelle fois (1), nous nous sommes empressé de le réimprimer.

Nous nous sommes d'autant plus hâté que nous avons appris que l'on se proposait de publier le livre de Robert Monthois d'après une copie de l'exemplaire incomplet provenant de la collection d'Elzéar Blaze : il eût été vraiment dommage que ce livre ne parût pas dans son intégrité. Si donc la publication qu'on nous annonce être en projet n'est pas faite avant la nôtre, on pourra maintenant trouver dans celle-ci les moyens de compléter la copie que l'on a entre les mains, et par conséquent l'édition que l'on a entreprise sans avoir sous les yeux l'œuvre complète de Monthois, et au moment même où l'on devait savoir que nous en avions retrouvé un exemplaire.

(1) Les exemplaires aujourd'hui connus dans des bibliothèques particulières sont : l'un, en la possession de M. le baron Pichon, dont tout le monde connaît la riche collection de livres anciens et la bienveillance avec laquelle il en communique les trésors aux amateurs de chasse ; l'autre entre les mains de M. A. Albert, dont la collection cynégétique est remarquable par le choix des exemplaires des anciens ouvrages auxquels s'ajoutent les livres récents sur la chasse et où il a puisé des connaissances bibliographiques très-étendues. L'obligeance de MM. Pichon et Albert a été par nous mise à grand profit pour la publication de la présente édition.

C'était d'ailleurs, pour nous, une excellente occasion de pour-
suivre le cours de nos études sur les théreuticographes, études que
nous ont fait entreprendre notre goût pour la chasse et notre amour
pour les livres, principalement pour tous ceux qui traitent de la
campagne et des occupations champêtres : l'origine s'en explique
naturellement par la profession exercée depuis plus d'un siècle par
notre famille, et par les applications spéciales où elle a été ren-
fermée ; quelques travaux à la campagne ont fortifié ces dispositions
dont le premier aliment nous a été fourni dans la fréquentation
de la belle bibliothèque, trop tôt dispersée pour nous, qu'avait
réunie notre aïeul J. B. Huzard, membre de l'Institut, inspecteur
général des Écoles vétérinaires.

La Noble et furievse chasse dv Lovp a été imprimée dans
la ville d'Ath en 1642, chez Jean Maes, imprimeur-juré. Le titre
porte : *Premiere edition*. Le format est petit in-4° ; l'exemplaire
que nous avons sous les yeux a pour hauteur 19 centimètres et pour
largeur 14 ; ses marges sont assez grandes et ont été très-peu ro-
gnées, puisque l'on aperçoit encore au bas de l'une des pages les
barbes du papier. Le livre est composé de 3 feuilles 1/2 numé-
rotées par les lettres A à D, formant 28 pages chiffrées et se dé-
composant ainsi : titre, 2 pages ; epistre dédicatoire, 3 pages ; epistre au lecteur, 3 pages ; 1re instruction, 7 p.; 2e instruction, 4 p.;
3e instruction, 4 p.; 4e instruction, 5 p.

En regard de la page 12 est une vignette gravée sur cuivre par le
procédé dit à l'eau-forte.

Mettant à contribution toutes les ressources de l'imprimerie de
notre mère, nous avons reproduit l'œuvre de R. Monthois en sorte
de *fac-simile*, page pour page, presque ligne pour ligne, avec le
même format, la même justification, un papier analogue, en res-
pectant scrupuleusement le texte et la ponctuation ; nous avons fait
graver les lettres ornées et les culs-de-lampe qui se trouvent dans
l'édition de 1642, afin de conserver, autant que possible, le caractère primitif du livre.

L'édition que nous publions est néanmoins un peu plus volumi-
neuse que la première, à cause de la présente note, de la liste des

ouvrages cynégétiques imprimés par nous et d'une table que nous y avons ajoutées. Elle forme 6 feuilles in-4° ou 48 pages dans le nombre desquelles est comprise la figure que nous avons fait graver sur bois et que nous avons cru devoir placer en regard du titre comme frontispice de l'ouvrage.

L'œuvre de Monthois étant désormais retrouvée, nous oserons dire que la chasse du Loup a maintenant un maître de plus : son nom doit s'ajouter à celui des grands chasseurs dont tout le monde connaît les écrits, des *Roy Modus*, des Gaston Phœbus de Foix, des Du Fouilloux, des Clamorgan, des Gruau, des Salnove, des Espée de Sélincourt, des Gaffet de la Briffardière, des Le Verrier de la Conterie, des De Lisle de Moncel, des Goury de Champgrand, des frères Desgraviers, des Boisrot de Lacour, des Jourdain, des Elzéar Blaze, des Lavallée, des Le Couteulx de Canteleu.

Puissions-nous, par la publication nouvelle de ce livre, avoir contribué à augmenter les jouissances des hommes qui consacrent leurs talents et leurs loisirs à un exercice à la fois agréable pour eux et utile à nos campagnes.

Louis BOUCHARD.

A MON-

A MONSEIGNEVR

MONSEIGNEVR

EVGENE

DE NOYELLE

MARQVIS DE LISBOVRG,

Comte de Marles, & de Croix,

VISCONTE DE NIELLE,

BARON DV ROSSIGNOL, &c.,

Gouuerneur, Capitaine, & Souuerain Bailly, du Chafteau de la Motte au bois de Nieppe, Grand Veneur, & Gruyer de la Chaftellenie de Caffel.

MONSEIGNEVR,

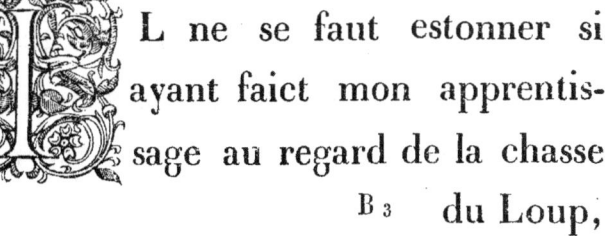

L ne se faut estonner si ayant faict mon apprentis- sage au regard de la chasse

B 3   du Loup,

du Loup, et autres animaux, dans les belles parties que V. S. I.^{me} possede en la Prouince d'Arthois, et sy en qualité de son tres-humble subiet, i'ose faire sortir ce petit mien labeur, soubs les aisles de sa protection. Ie sçay que plusieurs autres ont escrit doctement de ceste matiere pendant leur siecle, mais dans celuy ou nous sommes, il faut changer de style, car l'astuce des bestes croist a l'esgal de l'invention des hommes ; qui cause que pour chasser en perfection, il faut obseruer vne industrie toutte autre que du passé.

I'en donne les asseurez documens dans ces remarques acquises en quarante ans, que prie V. S.^{rie} I.^{me} prendre la pei-

peine de lire, et digerer, pour s'en seruir aux occasions auec plaisir, et de me faire l'honneur de m'advouer pour

Son tres-humble seruiteur
et subiet

ROBERT MONTHOIS.

AV LECTEVR.

MY LECTEVR,   Ie me suis peiné quarante ans et dauantage dans l'exercice violent de la chasse des Sangliers, Loups, et Cerfs, et te puis asseurer auec verité, que i'ay veu souuent en icelles des sanglants rencontres, au preiudice des hommes, et chiens, tant en Arthois, qu'en la forest de Nieppe, et francq de Bruges, Mais je n'ay iamais esté plus porté qu'a celle des Loups, dans laquelle i'ay acquis (sans iactance) vne telle cognoissance, que i'ose prendre la confiance de faire mettre en lumiere, ces remarcques, que ie te donne en qua‑

C   tres

tres instructions differentes, pour faire choix de celle qui te plaira d'auantage.

La premiere enseigne la methode pour remettre les Loups a veüe, ou a la piste.

La seconde, pour les faire marcher au tricquetracq, auec tambour, et trompe, sans aucun chien, a la partie dressée.

La troisiesme, pour les attirer par traisnées aux bestes mortes.

La quatriesme, pour les prendre aux pans, et bricolles. Je m'asseure qu'en obseruant de poinct en poinct la pratique que ie te donne, tu voiras par effect, que ie n'estalle que des veritez, que i'ay appris pendant que i'ay eu l'honneur de seruir feu Monseigneur de Croix, et depuis Monseigneur le Marquis de Lisbourg son fils, decedé Chef des Finances de sa Majesté, qui ont tousiours faict vne honnorable despense pour l'entretien des hommes et chiens dressez a ceste chasse. I'ay faict mourir auecq l'harquebuse vne infinité de ces animaux, estant chez eux, et de mesme grand
nom-

nombre de Sangliers, et Cerfs. Ie souhaitte, Amy Lecteur, que tu puisse exerçer l'vne et l'autre chasse a bagues sauues comme moy, te priant d'excuser les faultes sy tu en trouue dans mes remarcques, et de considerer que ie suis plus adroict au traict à feu qu'a celuy de la plume. Adieu.

INSTRVCTION I.

La maniere de remettre les Loups , et de les prendre a course de leuriers.

Ntre toutes les chaffes, ie trouue celle du Loup la plus belle, & plaifante; fur tout, lors qu'elle fe faict a courfe de leuriers. Pour la bien pratiquer, & auec plaifir, il faut au prealable que les Veneurs faffent vne exacte diligence, pour bien recognoistre les aduenües, & rentrées des Loups, dedans leurs forts; en obferuant diligemment leur pifte, tant par neige, qu'apres vne pluie, & prenant foigneux efgard a biffer du pied les vielles brifées, pour tant mieux difcerner les nouuelles. La remife de ces animaux fe debura faire lors que le temps, & vent, feruiront a fouhait, pour dreffer vne belle chaffe. Les Veneurs doibuent a c'eft effect eftre debout de grand matin, & fe mettre aux efcoutes enuiron deux heures deuant le iour, pour entendre par l'abayement des chiens maftins vers quel lieu le Loup faict fa retraicte. Se donnant garde de n'approcher le bois ou il va prendre fon gifte, car s'il arriuoit qu'vn Loup rufé & cauteleux fentiroit les pas d'vn Chaffeur qui a de couftume de hanter auec les chiens, & de porter l'harquebufe, il y auroit danger qu'il feroit vne fi longue retraite qu'il ne feroit

C 3   recou-

recouurable ce iour. Il fe faut doncques approcher dudit bois, lors qu'il y a moyen de bien difcerner la pifte fur les grands chemins & carrieres, pour preuenir les paffagers, & defcouurir tant mieux & plus diftinctement les pas & entrée de la beste : puis faut circuir le bois, portant tousiours l'œil en terre, pour remarquer l'entrée ou fortie. Et arriuant que les Loups auroient paffez & rapaffez fouuent en la matinée vn mefme chemin ou campaigne, le Veneur doibt prendre foigneux efgard pour remarquer la derniere pifte, que l'on voit quand ils croifent pas fur pas.

Il y a de la maiftrife en ce fait, fur tout, quand ils marchent en nombre, & a queüe de Loup, comme on dict, car par vn inftinct naturel ils marchent dans vn pas, vne campaigne entiere, lignament en temps de neige : mais arriuant a vn grand paffage proche du lieu de leur retraicte, ils ont de couftume de fe feparer, pour flairer s'il ny a rien paffé qui puiffe leur nuire ; & lors le Veneur voira aifément le nombre de la bande.

De plus le Veneur pourfuiuant la pifte des Loups doibt bien remarquer fi arriuants a l'orée d'vn bois, ils n'ont gratté la terre, & fait des eftricades a quelque place verde ; car cela estant, ils font affeurement paffés dans vn autre bois, et s'effloigneront de là. Mais quand a leur arriuée ils font leur entrée couuertement & par vn fuyant caché, foit dans vn petit ou grand bois, il faut efperer qu'ils y font demeurez : au contraire fi entrans ils enfilent vne carriere, ou pied fente, il y a danger qu'ils font paffez dans vn autre bois.

Dauantage, fi les Loups font ordinairement leur retraicte

traicte dans vn grand bois, & qu'il y ait difficulté de les
faire marcher a la courſe des leuriers, & ne veulent ſor-
tir en campaigne : il les faut attirer en vn autre bois commode, auec vn cheual mort, en le mettant trois a quattre
cens pas de la riue du bois, ou deſirez les auoir ſur vne
terre nouuellement remuée ou ſemée, pour aiſément des-
couurir les allées, & venuës ; & a cet effect conuient faire
vne traiſnée au trauers du grand bois auec vn quartier de
la beſte, en le liant auec harcelle, ſans ſe ſeruir de cordes ;
& puis retourner au carnage : n'eſtant aucunement bon
que le Veneur faſſe ladite trainée en perſonne, ſignam-
ment a pied, par ce que les vieux Loups ſentans ſes pas
n'approcheront l'amorce, & eſpouuanteront les moins ru-
ſez par vn clin d'oreille, ou autre ſignal, & les deſtourne-
ront de ſuiure ladite trainée, par ou l'on auroit trauaillé
en vain.

Il y a des Chaſſeurs qui ſe ſeruent de chiens limiers,
pour remettre les Loups, ce que i'approuue quand les
terres ſont ſeches ; mais l'œil paſſe tout, & ne donne tant
d'ombrage aux Loups : car ſi vous paſſez a mauuais vent
auec le limier, & que le bois ne ſoit grand, ils en deſpla-
çeront, ſur tout s'ils ſont battus de la chaſſe.

Le matin venu le Veneur ira viſiter le carnage, & le
trouuant mangé & bougé du lieu ou il l'auoit poſé le iour
precedent, il fera ſes achaintes aſſez loing d'iceluy, car allant trop proche, il ne pourroit iuger ou ils ſont allez
par la multitude des pas : & les ayant remarqué de loing,
& ſeparement, faut prendre eſgard s'ils ſe retirent au bois
que tu deſire, & le circuit pour voir s'ils ne ſont paſſez
plus oultre.

Eſtans

Eftants doncques remis affeurement le Veneur fera son rapport à fon Seigneur froidement, en difant, si l'œil ne me trompe, les Loups sont dans vn tel bois. Pendant quoy il faut laiffer quelques perfonnes aux aguets fur vne montaigne commode a defcouurir, & eftre defcouuert, fur tout du cofté d'autres grands bois ou forefts; car il arriue fouuent que c'eft animal doubteux change de pays au moindre fentiment de ce qui luy peut nuire. Le rapport eftant fait, il faut amaffer les chiens fans fonner la trompe, ny deftacher harquebufes, fi le bois eft voifin ; puis faut marcher a petit bruict & a bon vent, auec fes leuriers en lesses, droict aux buiffons faicts par gens a ce cognoiffans : en faifant la courfe du cofté d'autres grands bois furtout quand le vent le permet.

Les buiffons doibuent eftre toffus de rameaux treffez, & la courfe faicte en forme d'erche, comme porte cefte figure*, c'eft a dire que l'entrée entre les deux premiers buiffons, doibt eftre d'enuiron la mitan d'vn iect d'arcq, les feconds fe doibuent auoifiner d'auantage, & le troifiefme ou font les chiens d'attache, doit tenir le fond de la courfe : laquelle doibt eftre en campaigne rafe, ou bien en montant ; car fi le Loup trouue de la pente au fond de la courfe, il l'emporte le plus fouuent a la force, & s'efchappe au milieu de douze a quatorze leuriers, fans tour ny attaincte. I'en parle par experience que i'ay fouuent veu malgré moy.

Les Seigneurs qui veullent prendre le plaifir de telle chaffe, & y mettre les frais, doiuent tenir cincq ou fept leffes de leuriers, deux ou trois chiens d'attache, & les autres plus legers, pour diftribuer aux premiers buiffons,

&

* Voir le frontispice.

& venir viftement aux attainctes, pour retarder le Loup,
& par ce moyen donner loifir aux leuriers d'attache de s'a-
uancer pour l'arrefter.

Il faut tenir les chiens bien ferrez pendant que la meute chaffe, car le Loup eftant encore dans la bordure du
bois, regarde de toutes partes fi rien ne l'empefche en campaigne, & ne la prendroit s'il defcouuroit quelque chofe.
l'ay autre fois efleué de la neige, ou bien dreffé des lin-
coeuls fouftenus de trois baftons, pour cacher les hommes et chiens : & fur tout garde toy bien (Chaffeur mon
amy) de coupper les branches des buiffons au front de la
courfe, ou l'on efpere que le Loup fortira, car fentant que
l'on y auroit la froiffé, il rebroufferoit chemin, & fonfe-
roit par force les deffenfes; qui doiuent estre d'hommes
& de garçons pofez a l'entour du bois, & aux endroits ou
l'on ne veut permettre au Loup de fortir : & les difpofer
du moins d'vn iect de pierre arriere du bois, & demy traict
d'arcq au plus, feparez l'vn de l'autre : eftant certain que
ces deffences feront du tout inutiles, fi elles sont mifes
proche la riue du bois, car le Loup fortira librement en
leur prefence fans aucune crainte. Il faut que ces garçons ne faffent aucun bruict iufques au premier coup de
trompe, qui fe donne apres que les plus vieux chiens cou-
rans accouftumez a chaffer le Loup font defcoupplez, il
faut lors fourhuer, & encourager les chiens par leurs
noms, & lors les deffences feront deuoir de crier, pour
obleger le Loup a marcher a la courfe ou fe tient vn pro-
fond filence. Et quand le Veneur entendra que les vieux
chiens font fur les voies du Loup (lequel ils chaffent d'ordinaire pefament) il defcouplera a mefme temps les au-

D   tres

tres chiens, qui fans faulte iront chaudement ioindre
les premiers ; & par ce moyen deuiendront hardis a chaffer le Loup, fur tout fi apres la prinfe d'iceluy on les appelle , & fourhue, pour mordre a leur aife le Loup e-
ftendu par terre bleffé, ou mort.

Pour bien former la courfe des leuriers, & que rien
ny manque, faut mettre aux aifles d'icelle deux hommes a cheual, demy iect d'arcq de l'entrée de la courfe,
qui fe tiendront au large pour dreffer le Loup au milieu
des deux premiers buiffons de la demie lune, ou erche,
il le faut galopper bien a propos & non auec trop de
preffe, craindant qu'il ne rebrouffe chemin, ou bien qu'il
ne fonfe entre deux buiffons.

Les hommes tenans les leuriers aux premiers buiffons (que l'on dict eftricque) doibuent eftre ftilez au faict
de la chaffe, & lafcher leurs leuriers en queüe, ceux des
feconds en flanc, & ceux du fond de la courfe, en te-
fte : cela eftant bien dirigé, & le Loup eftant arrefté &
terraffé, il faut l'enferrer habilement & fans trembler
auec vne efpée, ou efpieu ; autrement il bleffera tous les
chiens, puis s'efchappera, fur tout fi c'eft vn vieil Loup.
Te voulant bien aduifer derechef qu'il fe faut garder de
paffer a mauuais vent du Loup qui eft remis dans vn
petit bois : car te fentant il viendra vifiter la bordure,
pour defcouurir ce que fe braffe a fa ruine : & par apres
pour euiter les aguets, fonfera les deffenfes encore que
bien pofées.

Obferuant ces aduis, les Veneurs auront de l'honneur,
& les Seigneurs du plaifir en cefte chaffe Royale : laquelle n'eft de durée fi le Loup n'a rien defcouuert en
                                              la cour-

la courſe, & ſi tous ſont rangez en icelle, deuant que l'on deſcoupple, & preſts a ioüer hardiment leurs perſonnages.

I'ay pratiqué ceſtc ſorte de chaſſe auec bon ſuccés en Arthois, ſignament apres la paix de Vcruin : & aſſiſté a en prendre plus de ſoixante par an, & quelque ſois quatre ou cincq par iour, & les auions preſques extirpez en l'an 1630.

INSTRVCTION II.

Pour prendre le Loup sans chiens, et le faire
marcher au tricquetrac, droict
aux harquebusiers.

REMIEREMENT lors que le Seigneur fçaura par rapport, que le Loup est remis affeurement, donnera ordre, affin que promptement l'on appelle des tireurs dreffés aux armes, & beuuant le traict prendra conclufion auec eux pour mettre & brancher lefdits tireurs de fuitte & a bon vent du Loup, puis les fera charger leurs harquebufes de poftes, ou rondes, pour feruir de pilulles au folitaire, quand il paroiftra. Le tout eftant preft, faut marcher a petit bruict au lieu destiné a bon vent, fur tout quand le bois eft petit. Eftans arriuez a la batterie, le Directeur de la chaffe doibt monftrer fon arbre a chaque tireur, en diftance de deux cens pieds l'vn de l'autre, en droicte ligne affin que le Loup ne paffe en-

tre deux hommes, fans luy tafter le poulx : prenant efgard
que l'vn des tireurs n'empefche l'autre, en s'auançant
hors de la ligne afsignée : que s'il y auoit des gros arbres
en c'eft endroict, ce feroit le plus certain de s'y brancher,
& s'appuier contre le corps, ou flefche d'iceluy : a raifon
qu'en cefte forte de chaffe que ie defcris, le Loup marche
doucement & a toufiours l'œil & l'oreille aux efcoutes, &
vous defcouuriroit aifement, fi vous eftiez monté fur des
petits arbres, & rebroufferoit fon chemin auec telle viteffe, que n'auriez moyen de lacher voftre coup.

Eftans doncques tous rangez fecretement & fans mener bruict, en rompant des branches aux arbres, il faut
plier feulement celles qui vous empefchent a bien manier
voftre harquebufe, puis faut donner ordre a ceux enuoiez
pour refueiller le Loup, qu'ils ayent a entrer a mauuais
vent dans le bois, au lieu prefigé, mener bruict par cris,
& huees, frappant des cailloux l'vn contre l'autre. Le
bois eftant de grande eftendue, fera bon de donner l'au-
bade auec tambour & deux a trois moufquetades, & fou-
dain le Loup s'efloignera de telle mufique, pour fe fauuer
ou le precipice eft dreffé, t'aduifant qu'au cas qu'il y aye
plufieurs Loups dans le bois, qu'il eft du tout expedient
ne dire vn feul mot, quand tu auras tué ou failly le plus
hafté, affin que les autres Loups qui viennent auffi a la batterie ne foient deftournez par ton bruict, & lors fonfe-
royent a droicte ou a gauche, pour euiter le coup fatal :
m'eftant fouuent arriué qu'ayant tiré vn Loup, vn autre fui-
uoit fi habillement qu'a grande peine auois-je rechargé
mon harquebufe, par ce que les Loups allans & fe glif-
fans par les forts bois, ne fçauent remarquer l'endroict
                                                    ou l'on

ou l'on a tiré, fi apres le coup l'on tient filence. Il faut auffi bien inftruire les Chaffeurs ne fe hafter trop, & de ne marcher plus vifte que la trompe, affin de donner loifir a la befte de faire fon choix pour fa retraicte : laquelle il fera affeurement du cofté ou fe tient le filence, & ou il fçait y auoir des grands bois pour s'y retirer.

Et comme en touttes chaffes fe rencontrent des nouices pleins de feu, il leur faut ordonner expreffement qu'ils laiffent paffer les renards & lieures en paix, en remettant la faluade a autre iour, car les renards marchent d'effroy, & feront a la batterie deuant le Loup, & tirant fur le plus hafté, tu perdras l'occafion du plus pefant, qui marche en larron.

Il faut aufsi mettre des hommes pour deffendre es lieux que tu crains que le Loup fortira, esloignez trois cens pas de la riue du bois, ce fera leur deuoir de mener bruict au premier coup de trompe, que le Veneur fonnera fouuent, encore qu'il n'ait aucun chien courant.

En pratiquant bien la prefente inftruction, tu viendras heureufement a vn defiré fuccez, & a petit frais, & peu a peu, cefte vermine fera difsipée, en forte que le Payfan viura a repos, tant pour luy & fes enfans, que fes bestiaux. Nous auons fait cefte charité en Arthois il y a quarante ans, & lors les hommes, femmes, & enfans, eftoyent deuorez tous les iours. Et ores que n'auois que quinze ans, i'en faifois mourir en grande quantité aux leuriers, & a l'harquebuse, aquoy m'a-
                                                              uoit

uoit dreſſé feu mon pere, qui ne cedoit a personne de
ſon temps au faict de la chaſſe, & prenoit plaiſir a me
deſcouurir & mes freres, les ruſes tant de ces animaux, que de tous autres, & la methode
pour les ruiner, comme ie continüe
encore de faire ceſte année
1 6 4 2.

IN-

INSTRVCTION III.

Pour attirer le Loup au carnage par trainées.

E Venevr ne pouuant chaffer & prendre les Loups és deux manieres auant-di-
ctes, a caufe de la grandeur excefsiue des
bois : il faut faire le deuoir repris en ce do-
cument. Ayant prouision de carnage de
cheual ou vache, faudra le faire mener
proche d'vn foffé ou riuiere, s'il y en a, & mettre la befte morte de longueur d'vn gros arbre, pour y monter
lors que le vent fera du tout bon, & non autrement :
car ce feroit veiller, & trauailler en vain, fi le vent ne
feruoit a fouhait. Surtout faut mettre le carnage en lieu
retiré, & a l'efcart & le lendemain matin faut voir fi
le Loup en a mangé, & s'il n'a promené aux enuiron ou
le Veneur aura fait fa trainée & de la a l'amorce, ce que
l'on deura remarquer par la pifte ; & arriuant que le carnage feroit du tout mangé, il y faudra remettre vne nou-
uelle amorce ou quartier de la mefme befte, que l'on reti-
rera

E

rera hors de l'eau ou tu l'auras plongé, lié auec vne harcelle, ou hauet de bois : il faut le remplacer de bonne
heure, afin que les Loups faifans leur circuit, ne viennent
a fentir tes pas.　Le temps donc eftant propre, & la Lune
efclairante, faut monter fur l'arbre par endeça la riuiere, et non du cofté de l'amorce, craindant que les Loups
n'eſuentent tes pas faifans leurs approches, il ne faut vifiter le carnage de prés, ny paffer aux aduenües : i'en ay
fouuent veu l'experience, & remarqué qu'ils n'approcheront la cuifine, ayans esuenté quelques pas nuifibles.

Arriuant que l'on n'ait vne riuiere, arbre & place propre, fera très-bon de cercher vne maifonnette retirée,
dans, ou proche du bois, & mettre la befte morte a
cent pas d'icelle, & vous placer dans l'eftable a vache, ou
dans le grenier, & ferez vn trou pour y paffer voftre harquebuse, & par ce moyen vous les attraperés aifement,
& auffi beaucoup de renards : de ceste façon ne faut ob-
feruer le vent, d'autant que les Loups n'ont ombrage ou
doubte des domeftiques. I'en ay tiré grand nombre de
cefte forte, & souuent des vieux & bien rufez, sans m'in-
commoder par froidure que faut patir en hyuer monté
fur vn arbre. I'ay veu & cognu des Chaffeurs qui faifoient
des huttes en terre, qu'ils couuroient dextrement auec
gafons, mais ils fe trompoient a cause qu'ils ne faifoient
choix de places propres & a bon vent, & le lendemain
s'apperçeuoient de leurs fautes, voians que le Loup auoit
fait la ronde en dessoubs du vent.

Il faut doncques choifir quelque motte, ou terre rele-
uée, fur le bord d'vng arbre & faire vn trou & ouuer-
ture, du cofté d'icelle en minant foubs ladite motte vne

conca-

concauité baftante pour fe loger a deux, & puis faire
deux arquieres droict a l'amorce, d'autres font vne ou-
uerture en la motte, & la couurent de bois, & gafons
verts, & non de terre nouuellement remüée, craindant
que le Loup ne s'en apperçoiue.

Pour tirer dans la hutte faut fe feruir d'harquebufes
courtes de quattre pieds, affin que le bout d'icelles ne
forte que peu hors la tronniere ; et affin que les Loups
s'accouftument au carnage, il faut continuer d'y mettre
en tous temps, mefmes hors de Lune, bonne prouifion,
& lors que tu voudras faire la veillade, ie trouue fort
bon de paffer la riuiere fur vn batteau, ou piece de bois,
droict au trou de la hotte : & puis faire emmener ledit
batteau, ou bien plonger la planche ou efchelle en l'eau,
pour n'eftre en veüe, voila comme nous le pratiquons.
Te donnant aduis qu'il eft tres-certain que les Loups ne
feront iamais leurs approches, fur tout la premiere fois,
qu'ils n'ayent diligemment fait leurs achaintes de loing,
& de pres, mefmes ils font le plus fouuent cefte ronde,
encore que la nuict precedente ils auroient mangé a leur
aife ; & lors qu'il y a riuiere ou foffé ils ne peuuent circuir ny recognoiftre en deffoubs du vent, ny effectuer
leur rufe ordinaire. Ie me fuis feruy de cefte inuention
apres auoir remarqué la timidité de ces animaux, & m'en
fuis autant bien trouué, qu'eux mal. Il faut faire la hutte loing des maisons & cenfes, affin que les chiens ne
vous viennent troubler, en ayant fouuent tiré, croiant que
c'eftoient Loups.

Ie ne veux icy difcourir de la difference de la pifte
du Loup, leurier, & maftin, cefte cognoiffance s'ac-

quiert par vſance, et hantant parmy les bois : & par ce
moyen remarquerez la diſſemblance. Ie dis pour con-
cluſion de c'eſt enſeignement, qu'encore qu'il y ait de la
peine en ceſte chaſſe, elle eſt neantmoins aiſée a ſup-
porter, sur tout en Flandres, ou l'on donne remune-
ration a ceux qui tuent les Loups, ayant autrefois reçeu
du francq de Bruges quinze liures de gros, pour
vne Louue, & nœuf ieunes qu'elle aüoit,
que priſmes a Maldeghem, pendant la trefue auec
l'Hollande.

IN-

INSTRVCTION IV.

Pour prendre le Loup avec pans, et bricolles.

Ors qu'il ny a moyen de prendre le Loup a la course, a cause de la grandeur du bois, ou de les tirer, a raifon qu'ils font feuillus : & que le Veneur fe veut fer-uir de pans, rets, ou bricolles, il n'y faut apporter moins de fubtilité et fineffe qu'aux autres chaffes, fignamment dans les grands bois. Premie-rement faut choifir vne belle carriere ou pied-fente felon le vent, & tendre auec bricolles les fuyans, couuertement & sans aucun froiffier du cofté que le Loup doibt venir, & le plus auant dans ledit fuyant que tu pouras, afin que le Loup ne la defcouure : & lors que l'on ne peut tendre la bricolle qu'elle ne soit veuë, il en faut tendre d'autres a droicte & a gauche dextrement couuertes, & le Loup apperceuant celle en front, fe iettera fans faulte en l'vne ou l'autre a costé, estant bien escrié. Quand l'on veut tendre vne carriere estroitte le meilleur feroit que les tendeurs n'entreroient dedans icelle, mais deuront ten-dre les fillets en allant par dedans le bois, affin que les

E 3   Loups

Loups venans d'effroy, ne prennent le vent du tracas : il
est vray qu'eſtans preſſez des chiens, ils n'ont le loiſir de
mettre le nez bas. Il ſe faut auſſi garder de coupper les
ficherons, ou autres branches, du coſté que l'on attent le
Loup, n'y faire aucune taille blanche, auec le fer-
ment ou couteau ; car le Loup la voyant, retournera,
d'autant que paſſant la carriere, il eſt craintif et voit mer-
ueilleuſement clair. La maiſtreſſe corde de la bricolle,
que l'on appelle maître, ne ſe doibt pas lier aux plus
groſſes branches, soit pour le Loup, ou sanglier ; mais
a vne mediocre qui obeiſſe, & plie quand la beſte fait ſes
efforts, car il y a danger que le maiſtre ne rompe s'il
y a de la reſiſtance. Ceux qui ſont commis a la haye, ou
filets, ſe doiuent tenir ſecretement ſans coupper beaucoup de branches pour ſe hutter, le premier en ſentinel-
le, doibt deſcouurir le dos du ſecond, & de meſme les
autres, & tous doiuent eſtre ſtilez a ce meſtier, & faut que
quand le Loup vient à la carriere ils le laiſſent choiſir ſon
paſſage ou fuyant, deuant l'eſcrier, car ſi on l'eſcrioit deuant auoir fait son choix, il feroit en haſard de retourner,
ou bien il fourhairoit, en fonſant au trauers des buiſſons,
& ſur tout faut auoir le bon vent en ceſte chaſſe. Il faut
tendre les pans en lieu que le Loup ne peut deſcouurir, de
la riue du bois, ſoit dans vn vallon, ou derriere vne haye,
& quand le Loup ſorte du bois, il le faut eſcrier roide-
ment, & le haſter auec leuriers, afin de ne luy donner
loiſir de tourner a droicte ou a gauche. Leſdits pans ſe
deuront tendre dans vn eſcry, ou petite campagne, entre deux bois, car difficilement prendrez vous le Loup
aux pans en vne carriere, qu'a tres-grande force d'hommes

mes & chiens. Ie fçay encore l'inuention pour tendre
les pieges, & atrappes, mais comme la pratique eft dan-
gereufe pour hommes, & vaches, ie ne pretens en faire
aucune mention.

Ie diray pour conclufion que ne cognois personne vi-
uante qui ait faict plus mourir de Loups que moy, en
toutte façon, auffi ay-ie rendu grand trauail pour apprendre leurs rufes, en quoy i'ay reüffis fort heureufement,
comme peuuent tefmoigner ceux qui hantoyent chez
nous, qui ont veu auec plaifir ce noble deduict : voulant
encore adioufter que la Louue ne vient en chaleur tant
qu'elle aye quatre ans : & lors qu'elle a attaint c'eft aage
elle chaudie enuiron le Feburier. I'en ay autrefois remis
sept en vn bois qui fuiuoient la Louue, & de ce nombre
en prifmes cincq aux leuriers, & a l'harquebufe, en moins
d'vne heure : ils entrerent au bois tous feparement, fauf
que l'vn tenoit compagnie a la Louue & ne la quittoit.
Elles font en chaleur enuiron trois fepmaines, & pendant
ce temps aucuns tiennent qu'elle ne fe laiffe approcher que
du Loup dont elle a faict choix, lequel l'accompagne fi-
delement iour & nuict, & vont enfemble buttiner &
proyer la nourriture pour leurs Louueaux : lefquels la
Louue iette enuiron l'Afcenfion dans vn bois ou fortoref-
fe, & auparauant baniffent tous autres Loups, mefmes
leurs ieunes de l'an precedent : auffi voit-on es mois de
Iuin & Iuillet beaucoup de Loups, d'autant qu'ils font re-
formés, & fortis de page. Les ieunes Louueaux ne pa-
roiffent a la bordure de leur fort qu'enuiron la fin d'Aouft,
& lors fuiuent pere et mere deux a trois cens pas, & ioüent
comme chiens, en attendant la prouision, ou que l'aube du
iour

iour les rechaffe a leur gifte , ou cuifine , ou pere et mere
ont accouftumé leur apporter des viures : & comme ils
font fouuent mal fouppez , ils attendent leur venue auec
impatience.   Les viures eftans apportez ils arrachent leur
lopin auec auidité & gourmandise , & mangent en gron-
dant , fe defrobans l'vn l'autre. I'ay veu ce train de nuict,
eftant monté fur vn arbre, en quoy me fuis recrée fur tout
quand ils tirent vn chien ou mouton en pieces , pendant
quoy le Loup fait la fentinelle.

  I'ay trouué fouuent leur cuifine dans les bois, mal furnie
de chair, mais pauée d'offemens de diuers animaux, &
quelque fois d'hommes & enfans : ils la font d'ordinaire
ou le bois eft clair, ou dans vne foffe , ou proche d'vne tan-
niere de grifart ou blareau, ou ils fe fauuent eftans chaffez
ieunes.   Ils vont a la picorée & gaignage enuiron la fin
de Septembre, et fuivent pere et mere pour apprendre a
eftrangler cheuaux, vaches & autres bestes : & ayans que-
fté vn Village, retournent volontiers a leur pofte , faifans
leur rembuiffonnement en diuers endroits : les vieux
Loups fe retirent a part pour mieux repofer, & n'eftre
inquietés de leurs ieunes.   Le foir eftant venu le Loup ou
Louue commence a hurler, & promptement fe rendent a
la place d'armes, & lors ils font vne musique generale
auec vne telle confufion de voix, que de fix il femble y en
avoir douze : le Loup entonne le bas, & les autres chan-
tent le contrepoint.   Les chaffeurs prennent plaifir a ce
concert de voix, mais le paffager entendant tel bruict dans
le bois, en conçoit telle frayeur, qu'il refte a demy mort,
& rebrouffe viftement fon chemin pour euiter le rencon-
tre de cefte bande muficale : ie m'y fuis trouué fouuent à
deffein

deffein de frapper la mefure, & de fait i'ay donné fouuent ma defcharge auec fuccés, & par ainfi la mufique deuenoit lugubre, & les muficiens gaignoient au pied.

Ce n'eft a faire a tous Chaffeurs d'exercer cefte chaffe, fignament de nuict, encore qu'ils foyent adextres aux armes : pouuant affeurer que i'en ay veu fouuent montez fur des arbres, qui font deuenus tellement immobiles & perclus, a la veüe de ce furieux animal, qu'ils n'ont eu la force ny hardieffe de tirer leur coup : cela prouient d'apprehenfion & alteration de sang, qui ofte et empefche toutte fonction, mesme la respiration & voix.

Les Loups font hardis de nuict, et m'ont fouvent abbayé au milieu des forefts, & fans se monftrer couroient çà & là furieufement a l'entour de mon arbre, gratans la terre auec rage & grondement; & ores qu'ils n'ont iamais m'attaqué estant defcendu de l'arbre, ils ont neantmoins fuiuis mes pas auec viteffe & furie comme i'ay veu le lendemain matin. Ie diray encore auant finir, que l'on n'entend iamais les Loups hurler du matin, autrement le Chaffeur fcauroit leur retraicte.

Voila fuccinctement & veritablement ce qu'auois a te dire (CHASSEUR MON AMY), tu en pourras faire les efpreuues, en conformité de mes remarques, & les fuiuant de poinct en poinct, tu en auras de l'honneur, ton maiftre du plaifir, & le peuple vn tres grand repos, & fupport.

F I N.

THÉREU‑

F

THÉREUTICOGRAPHIE

DE

Mme Ve BOUCHARD-HUZARD, IMPRIMEUR-LIBRAIRE,

RUE DE L'ÉPERON, 5.

LA CHASSE ROYALE, composée par le Roy *Charles IX* et dediee au Roy tres-chrestien *Lovys XIII*. Très-utile aux curieux et amateurs de chasse. Nouvelle édition. Paris, 1857, petit in-8° avec planche.   **7 fr. 50 c.**

LES RUSÉS DU BRACONNAGE mises à découvert, ou mémoires et instructions sur la chasse et le braconnage avec quelques figures en taille de bois, par *L. Labruyerre*, garde de S. A. S. monseigneur le comte *de Clermont*, prince du sang. Nouvelle édition avec une introduction par *A. d'Houdetot*. 1857, in-12.   **4 fr. 50 c.**

TRAITÉ ET ABREGÉ DE LA CHASSE DU LIEURE ET DU CHEVREUIL, dedié av roy Lovis XIIIe du nom, roy de France et de Nauarre, par Messire *Rene de Maricourt*, chevalier de l'ordre du roy, capitaine de cinquante hommes d'armes pour le service de sa dicte Majesté, et gentilhomme de sa chambre, etc. Publié d'après les manuscrits originaux. 1858, petit in-8° avec armoiries.   **7 fr. 50 c.**

L'ÉCOLE DE LA CHASSE AUX CHIENS COURANTS ou Venerie normande, par *Le Verrier de la Conterie*, écuyer, seigneur d'Amigny, les Aulnets, etc.; nouvelle édition revue, annotée, précédée d'une introduction et de la Saint-Hubert, avec un nouveau traité des maladies des chiens, les tons de chasse, un précis de la législation, des documents statistiques sur les forêts et un vocabulaire des termes de chasse, par un membre de la Société royale des sciences et arts de l'Ain ; ornée de gravures intercalées dans le texte. 1845, in-8°.   **8 fr.**

F 2

LA VÉNERIE FRANÇAISE, par J. E. H. baron *Le Couteulx de Canteleu*, ancien officier de cavalerie, lieutenant de louveterie, avec les types des races de chiens courants dessinés d'après nature, par le baron *de Noirmont*, *G. Jadin* et *Penguilly*. 1858, in-4°.   25 fr.

LA CHASSE DU LOUP, par J. E. H. baron *Le Couteulx de Canteleu*, ancien officier de cavalerie, lieutenant de louveterie, avec des planches photographiées d'après nature, par *Cremière, Hanfstaengl* et *Platel*. 1861, in-4°.   40 fr.

LA NOBLE ET FVRIEVSE CHASSE DV LOVP, composée par *Robert Monthois*, arthisien, en faueur de ceux qui sont portez à ce royal déduict. Deuxième édition, 1863, in-4° avec planche.   7 fr. 50 c.

LE VIEUX CHASSEUR ou traité de la chasse au fusil, orné de 55 gravures en acier, représentant la manière de tirer le gibier dans toutes les positions et augmenté de la loi de 1844, par *Th. Deyeux*, dessins par *E. Forest*. 1844, in-18.   2 fr. 50 c.

DES EFFETS DE LA POUDRE dans les armes de chasse et de la portée de leurs projectiles, par le comte *du B****. 1834, in-8°.   1 fr. 25 c.

LA CHASSE A LA HAIE, par *Peigné-Delacourt*. 1858, grand in-4° avec une planche coloriée.   20 fr.

LA CHASSE DU LOVP nécessaire à la *Maison rustique*, par *Iean de Clamorgan*, seigneur de Saane. Nouvelle édition avec une introduction par *A. d'Houdetot*, une notice biographique et bibliographique par *le baron J. Pichon*, et un essai sur les diverses éditions de la *Maison rustique* par *L. Bouchard*. 1863, in-4° avec planches.   10 fr.

NOUVELLE INVENTION DE CHASSE pour prendre et oster les Loups de la France, par *Louys Gruau*, curé de Sauge. Nouvelle édition, in-8° avec figures.   (*Sous presse.*)

TRAITÉ SUR L'ART DE CHASSER AVEC LE CHIEN COURANT. Ouvrage qui contient la manière de former et de conserver une meute, ainsi que les principes et la théorie de l'art du veneur et où l'on traite avec détail les chasses du Lièvre, du Chevreuil, du Renard, du Loup et du Sanglier, par *Boisrot de Lacour*, lieutenant de la louveterie impériale. 2ᵉ édition avec notes et figures, in-8°.   (*Sous presse.*)

LA FAUCONNERIE, ou Essais sur la chasse du vol, d'après un manuscrit inédit, in-4° avec planches.   (*Sous presse.*)

CATALOGUE des livres, dessins et estampes composant la bibliothèque de *J. B. Huzard*, inspecteur général des écoles vétérinaires, membre de l'Institut de France (Académie des sciences), du conseil de salubrité de Paris, de l'Académie royale de médecine, du conseil supérieur de l'agriculture, de la Société royale et centrale d'agriculture, etc.; chevalier des ordres de Saint-Michel et de la Légion d'honneur. (Histoire naturelle, agriculture, médecine humaine et vétérinaire, chasses et pêches, biographie, bibliographie, etc.) 1842, 3 vol. in-8º.　　6 fr.

TRAITÉ DES CONSTRUCTIONS RURALES et de leur disposition, ou des maisons d'habitation à l'usage des cultivateurs, des logements pour les animaux domestiques, écuries, étables, bergeries, porcheries, chenils, poulaillers, etc.; des abris pour les instruments, les récoltes et les produits agricoles, hangars, remises, fenils, granges, gerbiers, laiteries, celliers, etc.; des constructions destinées à recueillir les eaux, étangs, viviers, citernes, puits, etc., et de l'ensemble des bâtiments nécessaires à une exploitation rurale suivant son importance : suivi de détails sur les matériaux et les modes d'exécution, et terminé par une bibliographie spéciale ; par *Louis Bouchard*, propriétaire, l'un des secrétaires de la Société impériale et centrale d'horticulture, membre de celle zoologique d'acclimatation, etc., l'un des rédacteurs des *Annales de l'agriculture française*, etc. 1860, 2 tomes en trois parties avec figures dans le texte et 150 planches.　　25 fr.

TABLE.

ACHEVÉ

ACHEVÉ D'IMPRIMER

PAR

Mᵐᵉ Vᶜ BOUCHARD-HUZARD,

rue de l'Éperon, 5, à Paris,

LE 6ᵉ JOUR DU 1ᵉʳ MOIS DE L'ANNÉE

1863.

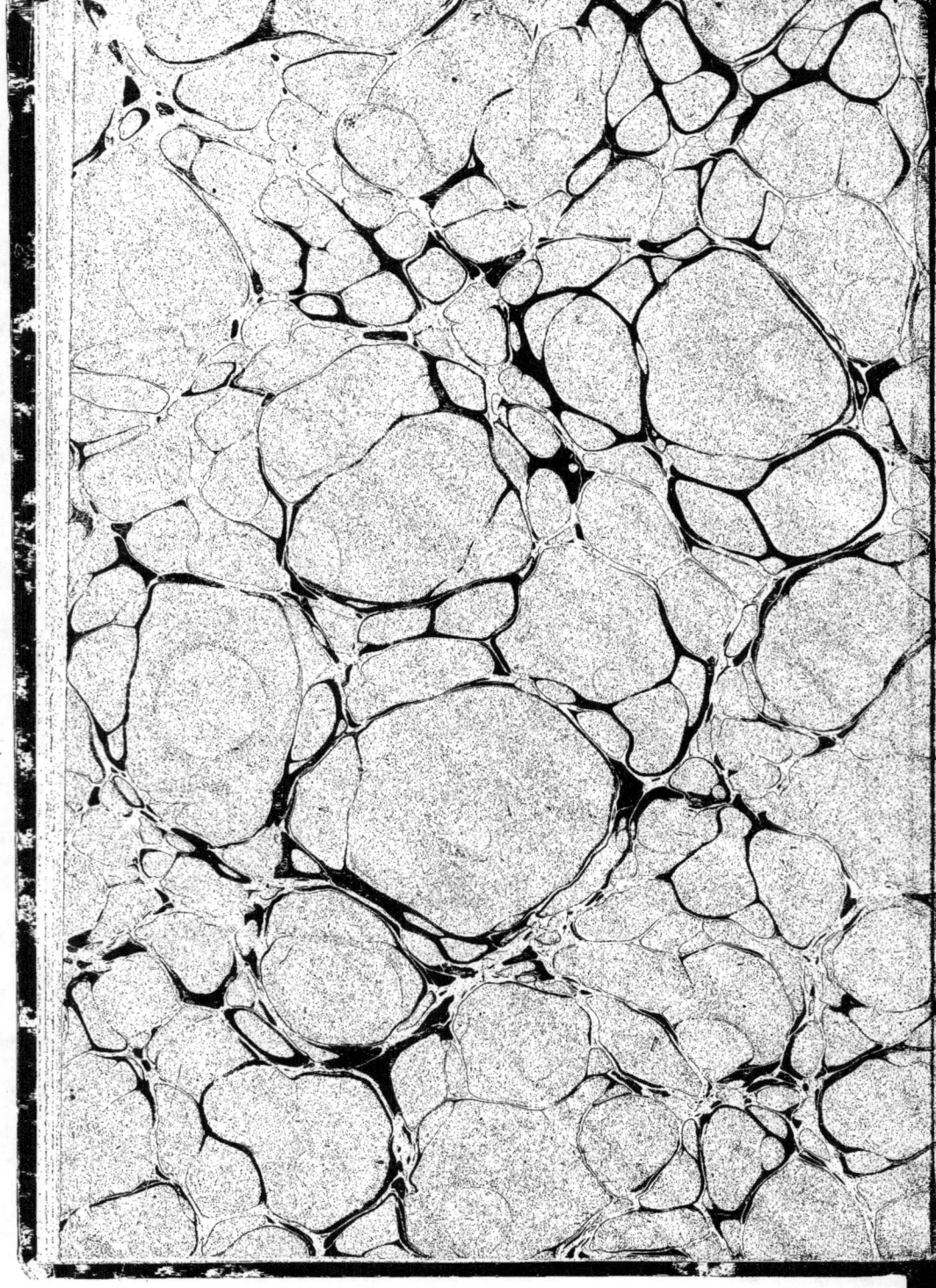

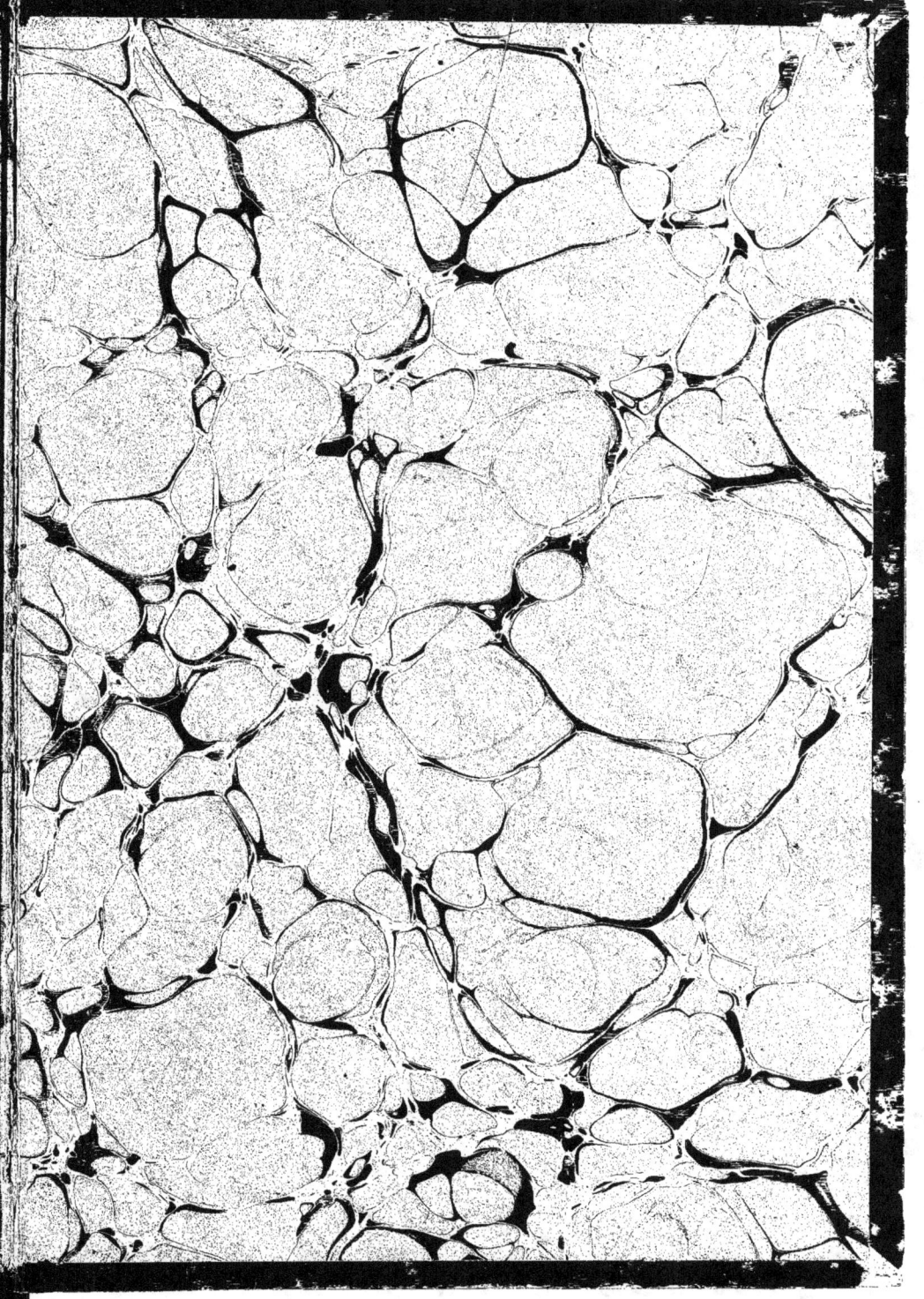